SIMÃO DE MIRANDA

Ilustrado por
VANESSA ALEXANDRE

A Menina e o Arco-íris

ELA É UMA MENINA PEQUENA,

DE SONHOS GIGANTES.

QUER SER MÁGICA,
QUER SER CIENTISTA.

MAS UM DESEJO MAIOR
ESTÁ NA LISTA:

SONHA MORAR NO ARCO-ÍRIS.

PARA SER CIENTISTA, É SÓ ESTUDAR.
PARA SER MÁGICA, É SÓ TREINAR.
MAS, E O ARCO-ÍRIS, COMO CHEGAR LÁ?

É UMA MENINA PEQUENA,

DE GRANDES IDEIAS.

UM DIA, AO DESPERTAR, ENCONTROU
UMA GRANDE CAIXA BONITA:

SETE CORES DE PAPEL,
SETE CORES DE LAÇOS DE FITA.

— ORA, SÃO AS CORES
DO ARCO-ÍRIS! —

FALOU, SURPRESA!

É UMA MENINA PEQUENA,

DE GRANDE ESPERTEZA.

ABRIU A CAIXA E DEMOROU A ACREDITAR:
UM PAR DE LINDAS ASAS COLORIDAS,
SETE CORES DIVERTIDAS A LHE CONVIDAR!

NÃO PERDEU TEMPO,
PÔS A CAIXA DE LADO,

NÃO TROCOU O PIJAMA,
NÃO ARRUMOU A CAMA.

A COLOCOU NAS COSTAS E SE OLHOU NO ESPELHO.

19

ELA NÃO ESTAVA MAIS EM CASA,
E SIM NO ARCO-ÍRIS MAIS LINDO
QUE JÁ HAVIA SONHADO!

É UMA MENINA PEQUENA,

DE GRANDE

INTELIGÊNCIA.

24

LOGO VIU COMO O ARCO-ÍRIS SE FORMAVA:
A LUZ DO SOL ATRAVESSAVA GOTINHAS DE CHUVA
QUE SE TRANSFORMAVAM NO ARCO COLORIDO QUE AMAVA!
FOI RECONHECENDO AS CORES NA EXATA SEQUÊNCIA:

VERMELHO, LARANJA, AMARELO, VERDE, AZUL, ROXO!

É UMA MENINA PEQUENA,

DE GRANDE CRIATIVIDADE.

JÁ FOI LOGO MISTURANDO VERMELHO COM VERDE
E DESCOBRINDO O AMARELO!
E AMARELO COM VERMELHO? LARANJA!
E AZUL COM AMARELO? VERDE!
E VERMELHO COM AZUL? ROXO!

É UMA MENINA PEQUENA,

DE GRANDES SOLUÇÕES!

MISTURAVA AS CORES QUE HAVIA
E DAVA NOMES QUE QUERIA!

DAVA RISADAS E SE DIVERTIA!

AZUL COM ROXO É MUITO XOXO!

DE AMARELO
COM VERMELHO
EU DESENHO
UM COELHO!

DE VERDE COM
LARANJA EU TINJO
MINHA FRANJA!

DO LARANJA COM
AMARELO EU FAÇO
UM CHINELO!

DE VERDE
COM ANIL
EU PINTO
UM FUNIL!

É UMA MENINA PEQUENA, PEQUENA,

DE GRANDE
CORAÇÃO!

UM DIA RESOLVEU, COM CARINHO,
FAZER DO ARCO-ÍRIS TOBOGÃ PARA PASSARINHO
E TÚNEL PARA AVIÃO!

EM DIAS CINZAS,
COM MUITA FELICIDADE,

MANDAVA RAIOS DE TODAS AS CORES

PARA COBRIR A CIDADE DE
ALEGRIAS E AMORES.

EM DIAS DE CHUVA FINA,
ABRIA LENTAMENTE A CORTINA

PARA O SOL FAZER ARCO-ÍRIS
PARA INSPIRAR A GENTE.

É UMA MENINA MÁGICA?
É UMA CIENTISTA?

VOU LHE DAR UMA PISTA:
ELA É IGUAL A QUALQUER OUTRA CRIANÇA!
TEM DE SOBRA MUITA ALEGRIA,
BONDADE E IMAGINAÇÃO!

ACORDOU DO SEU SONO,
PROCUROU AS ASAS!

NÃO ESTAVAM NAS COSTAS
E SIM NO CORAÇÃO!

SORRIU UM SORRISO DE ANJO
E VOLTOU A DORMIR.

EU ACHO QUE, NO FUNDO, SÃO FADAS ENCANTADAS,

DISFARÇADAS DE CRIANÇAS PARA MELHORAR O MUNDO!

SOBRE O AUTOR

Simão de Miranda mora em Brasília e é apaixonado por livros e leituras desde criança. Já foi professor de crianças e jovens e atualmente ensina para adultos. Seu trabalho como professor e escritor o levou a viajar por todos os estados do Brasil e por outros países, como Argentina, Cuba, Portugal, Cabo Verde e São Tomé e Príncipe. Simão já publicou mais de 70 livros pra ajudar professores a aprimorarem suas práticas pedagógicas e proporcionar diversão e felicidade às crianças. Tem obras traduzidas para vinte e dois países, adora visitar escolas para encontrar crianças que leem seus livros, contar suas histórias e conversar sobre a magia dos livros e da leitura.

Talvez, quem sabe, um dia você tenha a oportunidade de encontrá-lo em sua escola e compartilhar um momento de leitura.

Se quiser saber mais, visite **www.simaodemiranda.com.br** para conhecer sua biografia completa, obras publicadas no Brasil e no exterior e outras atividades que realiza, assim como seu canal **www.youtube.com/simaodemiranda,** para assistir suas histórias narradas por ele e outros conteúdos, que com certeza você vai gostar.

SOBRE A ILUSTRADORA

VANESSA ALEXANDRE nasceu e vive em São Paulo. Trabalha há mais de catorze anos no mercado editorial como autora e ilustradora infantojuvenil para editoras no Brasil, Estados Unidos e Europa, além de ilustrar materiais didáticos e desenvolver conteúdo para campanhas publicitárias. Participou de exposições como Cow Parade e Football Parade, foi uma das artistas selecionadas para a 3ª Edição da exposição Refugiarte, promovida pela ACNUR, agência dos refugiados da ONU, e foi selecionada para a edição de Nova York da Jaguar Parade. Além disso, realiza oficinas literárias e atividades sobre ilustração em escolas por todo o Brasil, implementando atividades para alunos e professores em eventos como a Jornada da Educação de SP, Feira do Livro de Porto Alegre, Feira do Livro de Araras, Bienal do Livro, e promovendo atividades de educação inclusiva.

> Saiba mais: **www.vanessaalexandre.com.br**

DEDICATÓRIAS

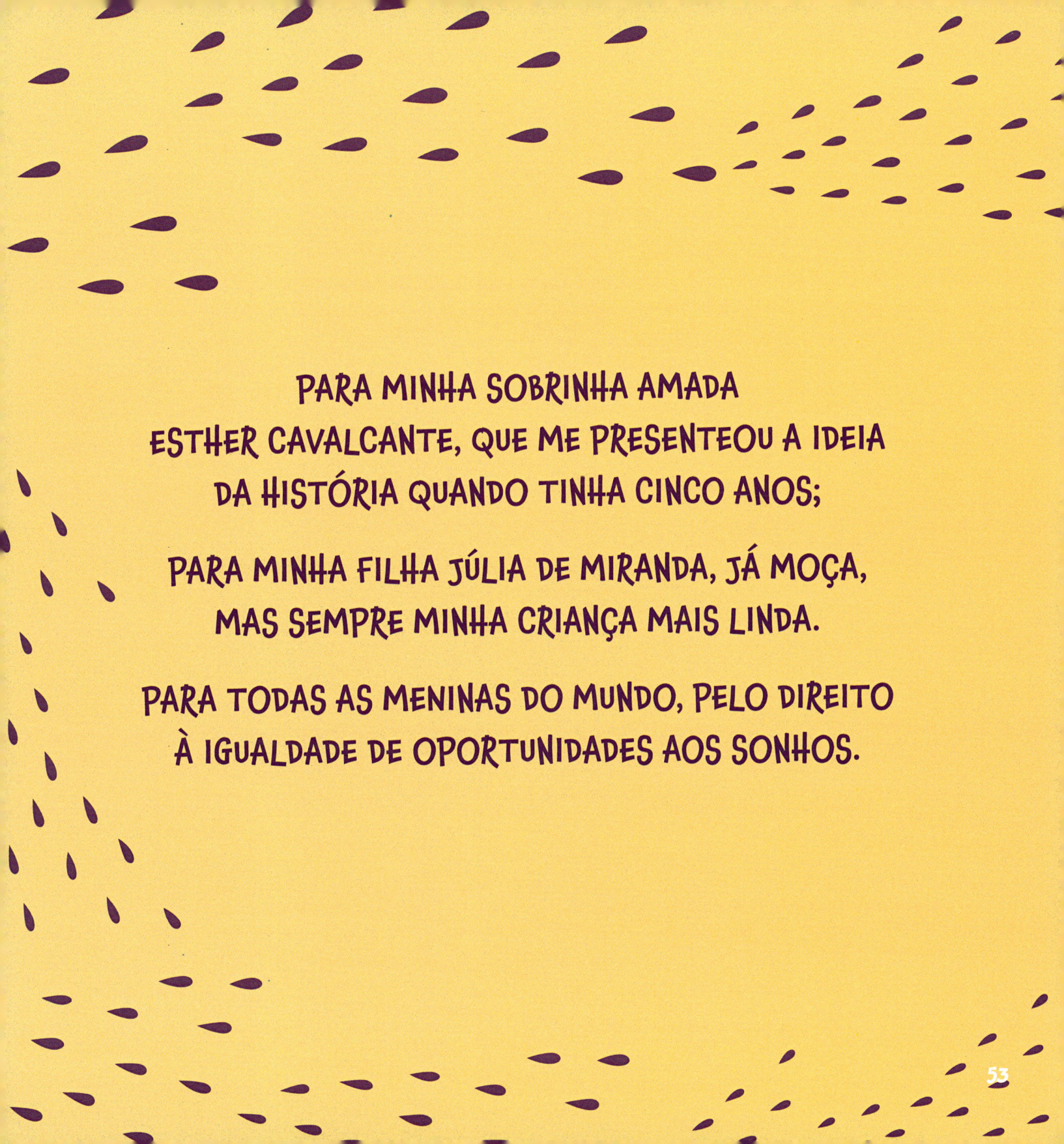

PARA MINHA SOBRINHA AMADA
ESTHER CAVALCANTE, QUE ME PRESENTEOU A IDEIA
DA HISTÓRIA QUANDO TINHA CINCO ANOS;

PARA MINHA FILHA JÚLIA DE MIRANDA, JÁ MOÇA,
MAS SEMPRE MINHA CRIANÇA MAIS LINDA.

PARA TODAS AS MENINAS DO MUNDO, PELO DIREITO
À IGUALDADE DE OPORTUNIDADES AOS SONHOS.

A menina e o arco-íris © 2023
Escrito por Simão de Miranda e Iustrado por Vanessa Alexandre
1ª edição – Outubro de 2023

Editora e Publisher
Fernanda Emediato

Capa e Diagramação
Alan Maia

Ilustrações
Vanessa Alexandre

DADOS INTERNACIONAIS DE CATALOGAÇÃO NA PUBLICAÇÃO (CIP)
(CÂMARA BRASILEIRA DO LIVRO, SP, BRASIL)

de Miranda, Simão
A menina e o arco-íris / Simão de Miranda; ilustrado por
Vanessa Alexandre. -- São Paulo : Asas Editora, 2023.
56 p. : il. : 23cm x 23cm.

ISBN: 978-65-85096-18-8

1. Literatura infantojuvenil I.
II. Título.

23-164563   CDD-028.5

Índices para catálogo sistemático:
1. Literatura infantil   028.5
2. Literatura infantojuvenil   028.5

Tábata Alves da Silva – Bibliotecária – CRB-8/9253